与那覇恵子詩集 *Keiko Yonaha*

沖縄から
見えるもの

コールサック社

詩集

沖縄から　見えるもの

目次

Ⅰ　言の葉

Ⅱ　沖縄から　見えるもの

Ⅲ　存在の悲しみ

詩集

沖縄から　見えるもの

与那覇恵子

Ⅰ　言の葉

言の葉

それは　いつも弱い者の味方
という訳ではない

正しいけれど弱い者の
震える口元には　無く

強いけれど　正しくない者の
巧みに繰り出す数々が
矢のように　人を刺す

正しくないけれど　強い者の口元から
次から次へと　あふれだし
音を立てて
人の上に　降り積もる

肩をいからせて　正しいことを主張する
正しくない者の　言の葉は
公廷に引き出された真実の
光る涙を　覆い隠す

だから　私達は
耳を澄まさなければならない
目を凝らさなければならない

弱々しく口ごもる真実を

黙って耐える真実を
言の葉の枯れ葉の下から
拾いあげるために

出会い

惚けて
口を　開けた
突然　降ってきた
その言葉の美しさに

体が　揺れ
心が　震えた
地を揺さぶり　伝わった
その言葉の力強さに

言葉は　そうあるべきだった

沸いてくる言葉を　勢いよく紡ぎだした
はず　なのに
よどみなく　あふれる言葉を降り注いだ
はず　なのに

積み重ねすぎた言葉に
見えぬ不安が
乾いた虚しさが
増殖する日々
見下ろした　裂け目の深さに
戸惑う

乾いたのどを　さすりながら

立ち尽くす
真夏の　昼下がり

突然　降ってきた言葉に　胸をつかれる
鋭い一振りに
激しい叫びに
よろめく

言葉は　そうあるべきだった

心の震えが　空を伝っていく

一篇の詩を　突き立てられ
ひりひりと
痛む心を　抱え込む

言葉が
衣を脱ぎ捨てて
叫んだ

あいかわらず
虚偽や虚飾で華やかな
本通り
真理を　突きつける
裸の言葉

暑く
干からびた　真夏の昼下がり

言葉への

最高の　敬意を
わたしは
沈黙で　払った

私　Ⅰ

忘れものは
一枚の絵はがきのように
慌てて　引いた
引き出しの中から
突然に　顔を出す
鮮やかな色で　白黒の時を
一瞬に染めて

忘れものは
ひとひらの詩のように

何気なくめくったページから
突然に　こぼれ落ちる
瑞々しい　言の葉で
頑《かたく》なな心が　一瞬
芽吹いて

積もった日々を一拭きすると
積み上げた時を　ひっくり返すと
遠い向こうに　立っていた
身をすくませて　立っていた
ひとりの　小さな
私と　出会う

私　Ⅱ

言わなくても良いのに　言いたいのだ
太宰の憂いが嫌いだと
芥川の憂いが好きだと

誰も聞いてもいないのに　言いたいのだ
三島の真剣さが嫌いだと
金子の真剣さが好きだと

甘い物をつまみながら
コーヒーをがぶ飲みしながら

わかっていないかもしれない
私の
わかってほしい
自己主張

やっぱり　時々言いたいのだ
川端の弱さは嫌いだ
梶井の弱さが好きなんだと

日本という国に向かって
沖縄という私の自己主張

＊太宰＝太宰治、芥川＝芥川龍之介、三島＝三島由紀夫、金子＝金子光晴、川端＝川端康成、
梶井＝梶井基次郎

待つ　Ⅰ

言葉が空から降ってくるのを
口を開けて　待っているのだが
乾いた寒空から　降ってくるものは何も無い

待っているのは　言葉ではなく
キラキラする陽光だったか

降ってくるはずのない
雪の白さだったか

言葉が心に追いつかない時は過ぎ

心が言葉に追いついてこない
近視の目で見る世界は
二メートル四方
赤い夕焼けを見なかったのに
真っ暗な夜が来た

言葉が降ってくるのを
待っている
口を開けて　空を見上げて
待っている

心が干上がっている時は
ぱさぱさ　乾いているときは
待つしかないではないか
降ってくる言葉を

待つ　Ⅱ

待つということを
久しく　していない
ことに
気づいた
待っていることが
うれしくなって
思わず

頬がゆるんだ

駆けてくる友の顔が
だんだん
大きくなる

あの時　通り過ぎた風が
セピア色を
みるみる青く染めて
さわやかに
舞い戻る

あの日　あの時も
私は　待っていた
遅れてきた　あなたを

暑い日差しの中で
その時　吹いてきた
一陣の風
「久しぶり！」

めざめる朝に

思い出そうとするものがある
不用意にも　忍び寄ってきたもの
とろりと　しみ出てきて
ささやいたのだ
「あなたは　ここにいた」

今のわたしに　なる前に
わたしであった　何か
かすかな不安と
おぼろげな希望とが

貝のように
ゆっくりと舌を出した

その時

ピッ・ピッ・・・・
起床を告げる機械音
きりりとした朝が
しみ出た記憶を
断ち切った

「わたしは　ここにいる」
あわてて　握りしめる
目覚まし時計
不安と希望の残り香が

あたらしい光のなかで
確かな　今日に
うつり変わる

「ラジオ体操でも　するかぁ…」

しみ出たかすかな記憶を
遠い　古い　思いを
今日も　ぷるりと　振り払って
人は
明確な朝に　動き始める

今日

生まれたての
やわらかな大気
今日が
薄く色づき始めた

寝ぼけ眼の
手探りの指に触れた
紙の固さに
驚く

新聞が　在る
日常が　在る
確かな朝に　少しの安堵
と
確かな感触に　少しの胸騒ぎ

ゆっくりと白い光が影を消していく
あのビルから　この屋根へ
ゆっくりとまわっていく　地球
繰り返される日々と
積み重なる時と

朝が　きた
新聞が　きた

朝のやさしさに
安堵し
紙の重さの
確かさに
驚く

日常

日々は
うすっぺらに　乾いて
ひらひらと　頭上を舞い
使い古した　紙切れのように
ざわめいて　落ちていくばかり

ぽっと頬を染めた純情も
揺れ動いてしまった柔らかな心も
拾うには　不安すぎた

見覚えのある風景に
聞いたことのある歌に
忘れたものを思い出すには
勇気が　なさすぎた

落ちていく夕日に包まれるにも
海の青さに染まるにも
時は　速すぎた

それでも
流れる眼の端で　すばやく思う
「どうして　海は青いのだ？」

それでも
アイスコーヒーの氷が　くるりとまわる

笑いさざめく友にかこまれて

それでも
病院の受付に並んだあの黄色いイスたちのへこみは
昼間の喧噪と見えない人生を　映し出す

それでも
日常は
時々
首をかしげて
立ち止まる

ブレック・ファースト

闇をこわして
朝が　来るたび
人は生まれる
とろりとした　夢の記憶を
ぶるりと　振り払って
少し　生まれる
射してくる陽に
少しだけ　すきとおって
きのうの鎖を　溶かされて
今日に　生まれる

重みに　つぶされずに
明日も　生きる
「さあ！」と　きのうを振り払って
今日を踏み出す
少しだけ　新しい私たち
今朝も
トーストのこげと
コーヒーの香りが
少しの誕生を　祝ってくれた

実存主義

こころ　と書いて
手のひらにのせて
のぞきこむ
右から見ても
左から見ても
形が　ない
見えたのは　信じたのは
なに?
形なきものの
おろかさと　かなしさと

握りしめていたこぶしを
開いてみると
そこには
あったはずの　こころがない
あなたの　こころがない
ついさっきまでの
ぬくもりを残して

形なきもの
もともと　そこに
ありはしなかった
それとも
ある　と
わたしが
なお　言うのなら

ないものまでも
現れる

陽の落ちるまえに

見下ろした街に
まあるく
スポットライトがあたった
空から　ひかりが降りてきた

白く　やわらかく
ビルの群れを　包んで
これで　いいよ
大丈夫だよと

雲の合間にのぞいた空は
青かった
すきとおった　青さが
真っすぐに
届けてくれた
一瞬の　笑顔
良かったね
良かったよねと

一日が　終わる

ページをめくると
そこに
街があった
空があった

ひかりと青が
ひたひたと
こころを　満たした

一日の最後に
街を　見下ろし
空を　見上げた

それだけで　今日が完璧になった

コーヒー・タイム

コーヒーの香りをバックグラウンド・ミュージックに
白い湯気が　優雅に体をくねらせて
ゆっくりと　舞い上がっていく

ほろにがさを　舌先にころがして
見つめている　わたしの時間

怒りに似た疲れが
人間不信や自己不信とからみあって
パンパンに膨れあがっていた体から

少しずつ　溶け出していく

白い湯気の　向こうに
あの　ひょうきんな顔が浮かぶ
ふつふつと　こみあげてくる
あの　おかしさを咀嚼《そしゃく》しながら
わたしは
ゆっくりと満たされてくる
あなたという
存在の
確かさの中に

タイムラグ

たゆ……たゆ……と
たっぷりの湯に　つかる
日常というぬるま湯の
けだるさと心地よさ

驚く
いつか　見た顔が口を開けて笑っている
いつもどおりの街が　いつもどおりに動いている
あたりまえの光景の　あたりまえさに
驚く

あの場所とあの顔とあの空が　ここに無く
この場所とこの顔とこの空が　ここに在る
不思議さに　驚く

グローバライゼーション
と人は言う

待つ
ぼんやりした頭を抱えて
待つ
遅れて到着する魂を待った
あのインディアン達のように

置き忘れてきた心が

運ばれてきた体を追っかけて
ハアハアと
息を切らしながら
到着するのを
待つ

たゆ……たゆ……と
たっぷりの日常に
つかりながら

Ⅱ　沖縄から　見えるもの

沖縄の夏

空が　あまりに青いので
哀しみは　冴え渡る

雲が　あまりに白いので
寂しさは　もくもくと広がる

陽が　あまりにまぶしくて
目をそらしてしまう

繰り返される日々の片隅で

ひらり　ひらり　と舞う
苦しみの花弁から

降り立った空港で
青い空　白い雲を　バックに
写真を撮りあう観光客達
強烈な陽のシャワーに目を細め
白い砂浜で　歓声をあげる

海は　今日も青い

あの子が亡くなった　と聞いた
頭が良くて　おしゃれで
女の子にもてた

年老いた母親を引き取ったあと
妻と別れ
こども二人を育てながら
母親の介護をしていたという

自ら命を絶った　と聞いた

青い空に　ハイビスカスが赤い

あの子も亡くなった　と聞いた
小柄で細い体　色白の顔に
いつも　恥ずかしげな笑みを浮かべていた

東京から連れてきたお嫁さんが
一年で帰ってしまい

二度目の奥さんとの連れ子と
うまくいかず
酒に　おぼれて

自ら　命を絶った　と聞いた

電話の彼女は　笑う
大きな声で　はじけるように笑う
「先生、それでも私は
　生きているよ」

海洋博があったあの村で
祭りが終わった小さな村で
壊れてしまった家族

母親が消えてしまった家
それでも踏ん張って
明るく生きた子どもたち

空が　あまりに　青いので
雲が　あまりに　白いので

降ってくる陽がまぶしくて

哀しみは
音も立てずに
降り積もる

夏の日

陽が　刺す
海が　光る
海に向かって　座る人がいる
海を見つめて　立つ人がいる

海は　おおらかに　広い

足を組んで　向かいあって
何を語りかけているのだろう
後ろ姿のあの人は

遠く　かなたを見つめて
何を求めているのだろう
後ろ姿のあの人は

海は　ただ　青い

この島の　夏の日に
心　放たれ
切り取られた　夏の光景に
心　やわらぐ
頑張っていたのだろうか
固くなっていた心が
小さな島から　大きな海に解き放たれる

わかったことがある

小さな島は　大きな海に向かいあっている
語りかけながら
かなたを見つめながら
小さな島は　今日も
大きな海に　向かいあっている

沖縄から　見えるもの

この空は
だれのもの
この海は
だれのもの

多くを持つ者は　さらに欲しがり
少なく持つ者は　さらに奪い取られる

今日も　きりきりと　爪を立て
沖縄の空を　アメリカの轟音が切り裂いていく

切り裂かれた空から
したたり落ちる
血

傷だらけの空を抱えて
立ちすくむ
わたしたち

はるかに広がる水平線
ニライカナイの神に祈る

この海を守って……

すでに白い砂浜はコンクリートの灰色の塊

海は苦痛に顔をゆがめる

遠くで　叫んでいる人たち
美しい国　日本!!

小さな島の空と海を
長い手を伸ばして　引っかき回しながら
魚たちがキラキラ泳ぐ大浦湾を
何百台もの大型トラックで埋め立てながら
慶良間諸島を国定公園に指定する

持っていたカミソリで
切りつけあい
もらった手榴弾を
爆発させあい

あのとき流れた赤い血①を
青い海が　薄めていく

あの戦争を反省するのは　やめましょう
自虐的史観といいます
平和とは守るのではなく攻めるものです
積極的平和主義といいます
憲法九条は戦争を防いでいるのではありません
防衛をじゃましているのです

造りあげられた空々しい言葉は　しかし
繰り返され　拡声され
小さな島々を　伝わっていく

金子光晴は嘆いた

さびしい国　日本

あの人たちは叫ぶ
美しい国　日本

沖縄からは日本がよく見える
と　人は言う

水平線のかなた
あなたのいるそこから
今
どんな日本が　見えているのだろう？

注
① 慶良間諸島では日本軍の「玉砕方針」の命により、米軍の捕虜となることを恐れ、身内同士が殺害し合い自決する「集団自決」が起こった。

東京のビジネスマン

巨大な観覧車が回り
笑い声溢れるアミューズメント・パークに
できたばかりの
高層ホテル
ピカピカのエレベーターで
会ったのは
背の高い六十代の男性

見下ろした目が
言っている

「何でお前がそんな物、持ってんだ」
口をひん曲げ
見下す
その目が睨むのは
英文雑誌「エコノミスト」

ただの背の低いおばさんが
手にしていることが　腹だたしい
「お前ごときに経済がわかるか」
「日本の経済を握っているのは俺達なんだよ」

「日本が救ってやる」と豪語した
「大東亜共栄圏」の
日本軍の亡霊を漂わせ
米国から学ぶことは

もう何も無いと豪語した
「ジャパン　アズ　ナンバーワン」の
大企業のはがれた鱗を振りまき

戦前回帰の安倍政権のごひいきを
背中にしょって
そのまた後ろのアメリカを
頭上にいただいて
東京のビジネスマンは
鼻を鳴らして
エレベーターを出て行った

今朝の日本

ドアを開けると　朝のにおいがした
やわらかさに
ひとすじの張り
生まれたての空気が
流れ込む

薄ら明けゆく空は
もう
真昼へ向かって
力を秘め

青を貯め始めている

はずんだ
子供の声が
駆け足で遠ざかっていく

どこかで
犬が吠え始めた

繰り返される朝
繰り返されてほしい朝

彼は
もう
朝を取り戻せない

人ごみの新宿で焼身自殺を図った
彼
日比谷公園で焼身自殺をした
彼
彼らが命をかけて
抗議をした集団的自衛権
辺野古・高江
声は黙殺され
黙殺され続け……

突然
生まれたての朝を蹴散らして
選挙カーが走る
無垢な空を煙に巻いて

叫び始めた
アベノミクス！
ノンストップ　アベノミクス！

彼らから
朝を奪ったのは　誰
私達から
朝を奪うのは……
誰

仰ぎ見る大国

バリバリと
空を切り裂き
ギューンと
空を引っ掻き

米軍ジェット機が飛ぶ

固まって縮こまる私達の頭を
手荒に押しつぶして
傲慢に

突き抜ける
振動する空から
重い恐怖を
まき散らし

無邪気な沖縄の空を
キリキリと
突き刺し

ひっかき傷を残したまま
鋭い雄叫《おたけ》びをあげて
どこかへ去った

ベトナムへ

イラクへ
そして今日は
どこの敵地へ

のし上がってきた強国は
弱い者いじめが中毒で
戦争が中毒で
恐怖から逃れようと
今日も
弱者の空を引っ掻きまわして
突き抜けていく

きっと　自滅への途へ

でも

彼らが去った束の間
静かになった空を見上げて
ホッとするのは
やめよう

彼らは
まだ

ここに居る

ハワイそしてオキナワ

おおきく　おおきく
手を　広げ
まあるい　影をつくる
やさしい　樹々
やわらかく　涼やかに
人を　抱く

大地に絡む太い根に　寄りかかり
風の緑に　笑みをうかべ
波しぶきの白を

遠くに眺める
ポリネシアの老女

光が切り取る
樹と人の
一枚
カメラが切り取った
めくった絵本の一ページ
太陽がつくった影絵が
遠く夢を運ぶ

樹々と
海と
小さな老女と
止まったままの時

自然は　こんなにも
人に　やさしい

でも
知ってしまった

オアフ島のとなり
もう　住めなくなった島がある
米軍の砲撃訓練で
水源が破壊され
人の　住めなくなった島がある

オキナワが
突然　顔を出した
ハワイ

国道越えのあの山
山肌が露出したあの山
緑が少しずつ　よみがえっても
もう　あの山に
人は　入れない
米軍の射撃訓練で破壊された山
オキナワ

弾を浴び続ける山に入り
体を張って
命をかけて
山を守るために　闘った
闘志達は　年を取り
あの山は

傷ついた肌を露出する

ここでは
自然は　もっと　もっと
人にやさしかった
でも

海の向こうから
やってきたのは
ニライカナイの神ではなく……

文明開化と号砲を鳴らし
やってきたのは
資本主義とやらを積みこんで
やってきたのは

強欲な黒船
それは遠い昔だったのか
ハワイよ

あの戦の日
小さな島々をとりかこんだ
鋼鉄の黒い塊は
青い海　白い波しぶき
さんさんと　太陽は輝き
そうして
今も
囲い込み続ける

オキナワを

おおきな　おおきな樹々
太く濃い緑に
吹く風も染まり
ゆったりと
輝く海と　白い波と

島を囲い込む
黒い影

そう
ハワイとオキナワは
似ていた

樹々はやさしく
海は　青く

白い光は　さんさんと
そうして
底に　たゆたう
かなしみが　似ていた

待合室

バスを待つ
人を待つ
順番を待つ
人が集まる待合室は
人生の展示室
病院の待合室では
切り口は　さらに
生き生きと鮮やかだ

スマホを耳に当て

大声で話す老人
「だからさぁ〜」
お家事情が遠い廊下の隅々まで
広報されていく
可笑しさ

スラリとした長い脚に長い髪
場に似つかわしくない若い女性
都会の風を振りまいて
スマホにささやく
「里帰りしてるんだけどぉ〜」
高層ビルの東京が　そびえ立つ
65番さん、１０２番さん、
番号つけられた人たちは

おとなしく　呼ばれる番号を待つ
「おひとりですか」
老人は
自分の番号を忘れて
窓口で　問われている
国民一人一人が番号を背負って
一生を終える
番号なしでは存在証明できない時代だ
危ない、危ない、
番号忘れると　存在忘れられますよぉ

「かあちゃん」「かあちゃん」
突然の声に　振り向くと
白髪のおじさんは
車いすの母親に　買ってきた弁当を突き出している

「くりやゴーヤー、くりやスバやさ、かめーかめー①」
「むぬ、かまんね～　いちららんどぉ②」
琉球語が大手を振って　廊下を渡っていく
合間に入る共通語の世相批判
「まったく最近はアメリカの言葉ばかり使って意味わかってんのかねぇ」
「今のひとはうちな～語もわからんよ～　親がしゃべらんからねぇ」
作業服姿で弁当をほおばりながら
遠くを見る母親に　語りかけながら
実は
ぶちまけている
待っている人たちに
日ごろの不満をここでとばかり
読んでいた英字新聞を
慌てて　尻の下に敷いた

笑いあり　感動あり
この人の人生が
あの人の人生が
こちらでカーテンを少し開け
あちらで高々と掲げられ

豊富な登場人物に魅了され
観客と化した
わたしは
客席に腰かけ
おとなしく
夫の番号を　持っている

注
①「これはにがうり、これはそばさよ。食べなさい。食べなさい」
②「ご飯食べないといきられないよぉ」

ヘイトスピーチ

立っていたのは
真ん中　のはず……
だった
けれど
押され　押されて
左に　左に　寄せられた

そんな気がする
今日この頃です

本当のことを　言ったら
眼を見ひらいて
口を開けて
その人は　去った
危険物を　避けるように
本当のことを　言ったら
過激のレッテルを張られる

そんな気がする
今日この頃です

テレビの漫才に
大声で　笑おう
人気グループの解散に
人気スターの結婚に

ひとつ　ひとつ　驚いて
悲しむふりをしよう

ふつうの　日本人でいられます

勝手口から　あがった火の手が
今にも　母屋に移りそうな
でも
声をあげるのは　やめよう

ふつうの日本人でいられます

テレビでは
クイズ番組が大人気
どれだけ常識を知っているか

どれだけ沢山知っているか
それは　人を測るものさし
知識を切り売りする番組は大盛況
日本人は　勉強が大好きだ

でも……でも

見えていない
聞こえていない
知らないのだ

政治家のペラペラした
言の葉が　空を舞い
そのあまりの　軽さに
真実は

重く　うずくまる
もう……もう……もう
耐えられない

嫌なのだ

ふつうの日本人であること
それよりも

日本人であることが……

そんな気がする
今日この頃です

米軍車両にいた人

その兵士は
揺れる座席に腰かけ
体をぺたんと二つ折りにして
眠っていた
くたびれた布切れのように

激しい戦闘訓練
残ったのは
疲れ切った体
何も考えず

何も考えきれず
ひとり　眠る

白い横顔には
きっと
赤茶けた泥がはねている

走り去る米軍車両に見た
若い兵士の　悲しみに
小さな悲鳴をあげて
胸がうめいた

オキナワの高速道路
日常を
非日常が　走り去る

彼は　どこから来たのだろう
遠い故郷には　父や母が心配顔でいるのだろうか

沈む夕日が
兵士を
オレンジ色に　染める

若者を　すり減らしている者は
誰だ
命を　削り取っている者は
誰だ
ぼろ切れのように使い捨てる者は
誰だ

怒りは
滲む涙に
オレンジ色に
染み込んでいった

ウチナーンチュ

沖縄そばをすすりながら
おばさんは
ボリビアから　来たという
にぎやかな　会場で
ごった返す人込みのなかで
不安げなおばさんは
七十代だろうか

琉球語しか話せない　おばさん
まわりを飛び交う

やまとぐち
わたしの口からも　やまとぐち
まわりを　見回して
おばさんは　さがしている
どこに
ウチナーンチュは
いるのだろう?

農業していた土地を
あめりか~に取られて
ボリビアに　行ったけど
六十年ぶりの　沖縄で
おばさんは　さがしている
どこに
ウチナーンチュは

行ったのだろう?

懐かしいふるさとで
異国にいるような
不安げな顔で
必死に　さがしながら
ウチナーンチュを　さがしながら
おばさんは
沖縄そばを　すすり続けている

おまえは誰だ？

青かった
どこまでも空は澄んでいた
白かった
もくもくと雲は膨らんでいた

「こんな沖縄に誰がした①」
問うた人は
沖縄戦で学徒兵だった
彼が負けた日は
ぼろぼろと泣いた

無気力になった
けれど　日々は続いた

「若者に自立経済を！」
訴えた彼
相手候補とすれ違った時
延々と続く若者の列に
涙を流したと聞く

「ウチナーンチュ
　うしぇーてー、ないびらんどー」②
怒りの声を吸い上げて
空は青かった
雲は白かった

けれど　彼も　逝った

「イデオロギーよりアイデンティティ③」
あこがれた日本に抗して
誇り高くも傷ついた
ウチナーンチュの魂を抱いて
逝った

残ったのは誰だ

多くの者が残った
見たくないものに
蓋をする人たちと
目の前の餌に
かぶりつく人たちと

強い者に
ひれ伏す人たちと
抗う者を
小馬鹿に笑う人たちと

少ない者も残った
見たくないものを
見据える人たちと
遠い水平線に
顔を上げる人たちと
ひそかに
決意をする人たちと

そういえば　あの時
「ウチナーグチまでぃん、

　むるいくさにさったるばすい④」
嘆いたのは
沖縄出身と言えなかった詩人だった

そういえば　あの時
ボリビアに渡る船上で
「わずか五百円の金で団結をくずしに来た
　ウチナーンチュがいたことが忘れられない」
「二度とこのようなことが無いことを」
手紙で訴えたのは　伊佐浜⑤の女性だった

そういえば　あの時
虚ろな目であの人はさがしていた
ウチナーンチュをさがしていた
六十年ぶりの沖縄で

にぎわう「世界のウチナーンチュ大会⑥」で

そういえば
金は　いつも
頭上から　降ってきた
鉄拳は　いつも
頭上に　降りおろされた
土地を奪われるたび
言葉を奪われるたび

空は今日も青い
雲は今日も白い

こんな沖縄にしたのは
私たちだったのかもしれない

失ったのは
イデオロギーではなく
アイデンティティだったのかもしれない

青い空の下で
白い雲の下で
遠くに去った者たちを想い
ぶくぶくと増殖し続ける者たちから
眼をそむける

高らかに笑い始めた人がいる
声をひそめて話し始めた人がいる
そして
ひそかに決意する人がいる
残っているのは

誰だ

遠く日本をさした指を
ゆっくりと
沖縄に向ける
残っているおまえは
誰だ

空は　まだ青い
雲は　まだ白い

注

① 「こんな沖縄に誰がした」：故大田昌秀知事の著書のタイトル

② 「沖縄の人をなめてはいけないよ」

③ 保守・革新を問わず沖縄全体での辺野古新基地建設反対を訴えた故翁長雄志知事の言葉

④ 「沖縄の言葉まで、みんな、沖縄戦でやられてしまったのか？」詩人山之口貘が久しぶりに帰郷した際に沖縄の言葉が話せず共通語で出迎えた人々に発した発言

⑤ 宜野湾伊佐浜村：一九五四（昭和二十九）年十二月、米軍は宜野湾村伊佐浜の住民へ立ち退きを勧告、五五年三月に再度通告したが区民、支援者は座り込みで反対した。米軍は武力による強制接収の挙に出たため、多くの逮捕者や負傷者が出た。土地を失った住民はボリビアなどに移住した。「最新版沖縄コンパクト辞典」二〇〇三年琉球新報社発行を参照

⑥ 「世界のウチナーンチュ大会」：海外移民など沖縄にルーツをもつ海外の沖縄県系人を招待して開催されるイベントである。一九九〇年に第一回が開催。その後、ほぼ五年ごとに沖縄県の主導のもと、継続して開催されている

決意

先輩が語った
復帰運動盛んなりし頃
賑わう大阪でデモをした
「日本に帰りたい！」
罵声が飛んだ
「沖縄は沖縄に帰れ！」
心が冷えた
「その時　思ったね

　こんな所に我々は帰りたいと
　思っているのか」と

あれから四十年
新聞は伝える
沖縄の各市町村長がデモをした
東京を練り歩いて　叫んだ
「オスプレイ配備　反対！」

美しい銀座で　罵声を浴びる
「売国奴！」

その時　彼らは何を思っただろう
全国区の立候補者が演説をする

高江や辺野古で日々闘った
真っ黒に日焼けした顔で
訴える
「基地反対！」

出かけた街角で
罵声が突き刺さる
「ドブネズミ！」

その時　彼は何を思っただろう

この島に　帰るしかない人々は　思う
沖縄は　沖縄に帰るしかない
この国で　沖縄に帰るしかない

この島で　生きるしかない人々は　思う
この島を　生きるしかない
この国で　この島を生きるしかない
この島で　闘い続ける人々は　思う
この国は　この島を変えることはできない
この島が　この国を変えるしかないと

Ⅲ　存在の悲しみ

存在の悲しみ　I

その人は　目の前で　突然
帽子を取って
ひざまずいたのだ
眼には　深い悲しみと
痛いほどの決意
越えなければならない境界線を
キリキリと見つめて
崩れ落ちるように
ひざまずいたのだ
境界線を　とび越えたのだ

広い構内の冷え冷えとした床に
美しく磨かれたすべらかな床の上に
帽子を置いて
頭をたれたのだ

目撃してしまった
人の人生の突然の落下
に驚いて
その眼に揺れる
悲しみの深さ
に驚いて
あげそこねてしまった
ポケットの中の憐れみへの献金

その人は

首を差し出す罪人のように
覚悟を決めた
腹切りの武士のように
哀れに
礼儀正しく
ひざを折る

私は
ふりかえり　ふりかえり
それでも　足早に
境界線の向こうに
逃げるように去った

ホームレスと人は言う
無くしたものは　何なのか

持っていると思っているものを
人は　本当に持っているのか
抱えたもののあやうさに
ころびそうになりながら
人は　今日も
境界線の向こうを
歩いている

存在の悲しみ　Ⅱ

通りすぎたバスの窓の外
その人は　いた
広がる夜のとばりの中
背を向けて
着こんだ服で丸くなって
小さくなって
背を向けて　座っていた
闇の中
くっきりと見えた
ぽつりと正座した

手押し車の上の
孤独
見つめているのは　今
それとも　過去

向けられた背中
確かなことは
その人と　私たちが
釣り合っていること
一人と　多数が
釣り合っていること
背を向けて
私たちと闘っている
ひとり

ホームレスと人は言う
ひとつ、ひとつ、失って
手に入れたものは　何？
ひとつ、ひとつ、抱え込んで
失ったものは　何？

その人の孤独の先で
私たちの孤独がつながる

ソウルの夏

ハンドオフの携帯に向かって
大声で話しながら　足早に通り過ぎる
iPhoneを片手であやつりながら
傍らの友人と顔もあわせず　話し続ける
若者は　スマートだ
ビルは　空に向かって伸びる
空のすきまを埋めるように伸びる

窓のひとつひとつに
働く人たちがいる
マッコリを飲みながら　肩をたたきあう
熱いキムチ鍋に　赤くなってきた顔は上機嫌

街は　元気だ

と
足早に通り過ぎようとした
地下鉄の階段に
うずくまる物が　ある

黒いジャンパーの下から
突き出た二本の手
チラシを折って作った紙箱を

握りしめる

はいつくばって
はいつくばって
ぴくりとも　動かず

握りしめた
二本の手だけが
哀願する
「街から落ちこぼれた者に　憐れみを」

ソウルの夏は　雨期だった
灰色の空の下で
若者達は　美しかった
ビジネスマンは　忙しかった

そして
黒いジャンパーの下から
突き出た二本の手は
寂しかった

病室

「これから　どこへ行くんですか」
「ここは　病室です」
「もう夜中ですから　用事は昼間に」
廊下の向こうから　ビンビンと響いてくる
若い看護士の声
老人の言葉は　うろたえて　くぐもる

暗い廊下
手探りで探しているのは
確かに歩んできたはずの

きのう
それとも
明日に　つながらない
今日
それぞれのベッドの上
思いに沈む人々の魂は
狭い病室一杯になって
天井で　たゆたう
外の光の届かない四角い病室で
人工の光のまわりを
ゆらゆらと　たゆたう

ないようで　あるような
時は
それでも

はき出される　ため息ごとに
刻まれていく

それでも
今日から　明日へと
バトンは　わたされる
ゆっくりと　確実に

認知症

もつれて
からみあった糸が
なかなか　ほどけない

細い糸は　きれぎれになって
ぷつんと
きれた

記憶は　ふわふわと
空に　浮かんで

ゆっくりと　かなたに
運ばれていく

灰色の　景色は
見覚えがあるようで
ないようで

今日も　母は　口ごもる
言い訳を　さがしながら
雲の合間の　青空を
さがしながら

母を
今日に　つなぎとめるために
明日に　つなげるために

娘たちは
手を　握る
老いた手を　握りしめる

アウシュビッツ展

主のない歯ブラシの山は
ムンクの叫びのように顔をひきつらせ
やせ細った死体の山には重油のような沈黙
骨と皮だけの人間が
うつろな眼をしながらも
目の前の空気をむさぼり吸う
精神はとうに疲れ果て
存在する事を拒否したというのに
肉体だけは　抵抗し続ける
　これは　私の手ではない

これは　私の顔ではない
番号となった彼等は
飢えという一つの集団
それなのに
自分のパンを分け与える者がいる
死にゆく者を優しく励ます者がいる
存在するとは　どういうこと……
銃を手にした青年は
鉄のような表情をして
目の前の番号にもう一度弾をこめる
狂気とよばれるもの
あの時　あれは正気であった
これは　女ではない
ただのNo.三一七八九
これは　涙ではない、血ではない、

巨大な機械の一部品となった彼等は
軍隊という一つの集団
それなのに
ポケットには笑いかける妻子の写真
裁判の日には　気が狂ってしまった
人間とは　何なのか

存在とか……　人間とか……
得体の知れないものが
夏の光あふれるこの日
ひとりの私に　向かってきた

学校と日本という国と

「あのう……」おずおずと入っていった
中学校の図書室

「何でしょうか」
コンピューターから眼をあげず
彼女は言い放つ

近づいていった私に
イスから降りようともせず
コンピューターに向かって話し続ける

表情をもたない機械のように
「それでは……」と帰る背に
くっついてきたものは
大きな　大きな
影のような
寂しさ

「あのう……」おずおずと入っていった
高校の職員室
警察の取調室さながら並んだのは
生徒指導の男性教師達
棒をもってぴたぴたと背中をたたきながら話す

「これが指導の記録です」
担任は証拠資料さながらページをめくり読みあげる
表情をもちたくない機械のように

「それでは……」と帰る背に
くっついてきたものは
大きな　大きな
灰色の
寂しさ

校門を出るまで
私を囲い込んで
縮こまらせていた

そう

それが
君たちの抱えているもの
学校が
君たちに抱え込ませているもの

いじめられっ子の逃げ場所だった図書室で
教師の冷たい眼に会う
「コンピューターができないなら図書委員代わって！」
「唯一の行き場所だった図書室から拒絶された」
十四歳の君は　初めて泣いたという

警察と密に連絡を取り合う生徒指導担当
「俺が何人退学させてきたのかわかっているのか」
「指導室で毎日人生を否定された」
十六歳の君は　ぽつりと言ったという

ふりかえる私に
学校は
異物のように　立つ

「全国学力テストで良い成績をあげています」
と　誇らしげに　立つ
「でも足を引っ張っている生徒がいます」
クラスの集団でのいじめは
学校の構図そのものだった

「部活動でめざましい活躍をしています」
と　誇らしげに　立つ
「だから部活もやらない生徒は要りません」
担任は生徒指導担当と

生徒指導担当は警察と
とても　仲がよいのだった

見えない確かさよりも
見える不確かさによりかかる
コンクリートの建物たち

押しつぶされる見えない魂が
見える人達は何人？

「何かがおかしい」
「何かがまちがっている」

「勝ち組」「負け組」と言い
弱い者は怠け者なのだとレッテルを貼った首相は

人気者だった
「ノーと言える日本人」を豪語し
南京虐殺は無かったと主張する都知事は
強い父親像として人気だ

確かなこと

学校は
子ども達に
寂しい思いをさせている

日本という国は
私たちに
寂しい思いをさせている

灰色の大きな影が
列島を覆っていく

日常という非常

私達のまわりから
ゴミ箱が消えた
捨てたいゴミをいつまでも握りしめて
うろうろする不快感
当たり前のように　存在したゴミ箱が
いつのまにか　消えて
それが　当たり前になった日常

空港の荷物検査で緊張する
あの化粧品の小瓶が　取り上げられないか

不安に　固まる
液体入りの手荷物を
ペットボトルを　薬を
係官の白い手袋が
目の前で　取り上げていく
いつのまにか
当たり前になった日常

銀行員が　熱心に勧めるものだから
つい　つい
よく　わからないままに　預けたお金
米国債だったっけ　再認識した
その時には
すでに　多額の欠損
あくせく働いて貯めたお金が

一瞬にして　円高で消えた

あの不快感も
あの不安も　あの怒りも
日常に　埋没する

そして　私達は出かけていく
歯磨きをして　顔を洗って
ぱたぱたと　出かけていく
昨日と変わらぬはずの　日常へ
あの家から　この家から
出てくる　出てくる　慌てた顔
寝ぼけ眼を　こすりながら

健忘症の私達も　たまには

首をかしげる
そういえば
考えてみれば
9・11って　嘘くさかったよね
ブッシュの演説に　欺瞞を感じたよね
フセインの「茶番だ」発言に
同感したよね

わかってきた　彼らの嘘
はがれてきた　化けの皮
わかってきた
大きな手で　操られる
ちっぽけな　存在の私達
大きな手に　からめ捕られた
私達の日常

立ち止まって　考えてはみても
見えない手に　からめ捕られ
見えない敵に　立ち向かえもせず
とりあえず
埋没する
目の前の　日常に
埋没する

大国の大きな嘘に　まじめにつきあってきた小さな国で
不快感も　不安も　怒りも
日常に化して我慢した　勤勉なアリ国民の頭上で

非常ベルが　けたたましく
鳴り響くまで

愚かな国の愚かな朝

朝だ
ラジオ体操だ

とテレビをつけたら
緊急事態発生！
どこを回しても
同じ顔
金太郎あめだ

レポーターの早口

走る緊張感
「北朝鮮がミサイルを発射しました！」
神妙な顔で
マイクの前に立つ
首相と官房長官

ＮＨＫのラジオ体操が消えた
朝ドラが消えた

北朝鮮のミサイルが
日本の上空を飛び越えて
太平洋に落下
発射を捉えたアラームが鳴り
日本上空に出現するまで五分
五分間でできることをめぐって

討論が始まった
地下鉄にもぐる
ガラス窓から遠ざかる
頭を抱えてしゃがみこむ

頭巾をかぶって避難訓練する幼稚園児達
日本は戦前から変わっていない
再確認させられる
戦後七十五年目の朝

バケツリレーでの消火訓練
藁人形に竹槍
「お国のために」と節約し
天皇陛下に万歳し
日々真剣に努力した国民が

戦場でできたこと
逃げ回り
のたうち回り
死んでいくこと

万歳を受けて誇り高く出陣した兵士
戦場でできたこと
よその土地で
よその人を
レイプし殺害し
日の丸を掲げ万歳三唱すること
守るはずの沖縄で
住民の食物を奪い
壕から追い出し
スパイ容疑で処刑すること

戦場でできたこと
「天皇陛下万歳！」
格好良く
声高に叫ぶ
はずが
「おかあさん！」
と叫んで涙を流し
あわれに
引きちぎられて
無残な姿で
死んでいくこと

朝ドラを観ることが
できなかった

ラジオ体操が
できなかった

朝早く
Ｊアラートとやらが鳴り響き
首相や官房長官が
現防衛大臣や元防衛大臣が
したり顔でコメントを述べた
「ミサイル迎撃は可能です」
「こうなれば日本も核武装を！」

日本の朝がバタバタと音を立てて過ぎていった
北朝鮮のミサイルは
海中に消えていった

翌朝
わたしは
ＮＨＫのラジオ体操を行い
ＮＨＫの朝ドラを観た
焼けたばかりの
トーストをくわえて

わたしは
今日も日本人だった

国家の影

モスクワから来たエレナ
何気ないビデオ録画や録音に
怯えた視線を向けて　囁く
「ほら、全部、録音している」

悲しい顔で
エリートが腐敗していると
訴えた

通り過ぎた隣国の外国人に

鋭い視線を向けて　呟く
「ほら、私の方を見ていた」

怒りをこめて
政治家が堕落していると
訴えた

背負っているのは
未だ　閉じられた
ロシアの中のふるさと

向こうに見えるのは
とおく離れた国の
張り巡らされた網

彼女を被害妄想と　笑うには
私達も　近くなりすぎた

「大丈夫よ」と　笑うには
私達も　からめとられすぎていた

甘いスウィーツをほおばり
コーヒーを　すすりながら
談笑する　私達の輪の中に
近づいてくる影

実は
私達も　気づき始めていた

特定秘密保護法が可決した午後

君がパンコーナーを
三周して戻ってくるのを
見ていたよ

トングを片手にトレイを持って
歩き回っていた
落ち着きの無い目で

カラフルでおしゃれな包み
並んでいるパンのいろいろ

何度も　何度も　目で追って
君は　歩き回っていた

そうして
一個のパンも手に取ることなく
トレイとトングを置いた
ため息をついて

そうして
不安げな表情のままで
華やかな店を後にした

今日
特定秘密保護法が　可決されたよ

私も
君も
うろたえる　大勢の中のひとり
思い上がる者達に
国家という暴力に
はがいじめにされた
国民という
ひとかたまりの　一粒
縮こまる　弱者

アベノミクスが　闊歩する
華やかな　デパートの片隅
君の　かなしみは
確かに
伝わったよ

忘れない
今日の　怒りは
絶対に　忘れないよ

国家という太い親指のひとひねり
つぶされていく
私達の　自由と権利

実態の無い「けいざい」が
アベノミクスの衣を着て
闊歩する街で
小さく　縮こまり
消えていく　もの

「美しい日本」という
おしゃれな包みに覆われた
列島で
こぼれ落ちていく　もの

「積極的平和主義」
「集団的自衛権」
衣で着飾ったまがいものが
奪い去っていく　もの
私達の
自由と権利
自立と誇り
そして
………

ラブコール・地球へ

〝核戦争後の地球〟を見て

空　裂ける
まっ白い叫び声あげて
高層ビル　砕け散る
ガラスの粉塵舞いあげて

急ぎ足のサラリーマンの群れが消え
洗たく物をほしていた母親が溶け
輪になって歌っていた子供達が
黒い石柱となる

眼をみひらき　口を大きくあけ
信じられないという表情だけが
湯気のように　空にたちのぼる

もし　東京に原爆が落ちたら……
音もなく　フィルムはまわる

陸で　海で　空で
きのこ雲はあがる

縛られ　とじこめられ
黒袋をかぶせられ
爆風にさらされた豚
ピクピク赤い傷をふるわせる
かつて　人間も実験台となった

マスク姿の兵隊は進む
銃をかかえ
降りそそぐ灰の中
放射能による死に向って

太平洋の小島が
又ひとつ
身を揺るがせて吠えた
やしの木が燃え　海が燃え
人はふる里を失う

もし……ではない
今……なのだ
音もなく　フィルムはまわる

科学者が声をしぼりあげる
「私達は悪魔です。」
苦渋の表情が一瞬くずれ
涙が一筋流れた

爆風に吹きとばされた心をおしもどし
むしりとられてゆく動植物の命に涙ぐみ
遅すぎる科学者の涙にいらだちながら

ドアをあける……と

ふいうちをくらった
体一杯ぶつかってきた太陽のかけら達
まぶしさが　手の平で
ピチピチとはねる

歓声があがった
土煙あげて子供達がかける
それを追う大人達の眼に
青空が優しくとけている
〝生きている！〟
足もとから伝わってくる
生あたたかい大地の鼓動
〝ドックン　ドックン
　僕は死にたくない〟
不安でみがきあげられた
鋭い刃先
つきつけられた未来をおしのけ
今のまぶしさにくるまれながら
心をこめて　ラブコール
〝地球よ

青い地球
私も　生きたい〟

解説　沖縄人の「言の葉」の深層を掬い上げる人

与那覇恵子詩集『沖縄から　見えるもの』に寄せて

鈴木比佐雄

与那覇恵子氏は詩人であるが、沖縄の名桜《めいおう》大学で長年英語科教育の教員を務め、「英語教育に活かす通訳技法とディベート実践」などの講義をし、世界的な視野を持った現役の英語教育のスペシャリストだ。またこの十年近くの間に「沖縄タイムス」や「琉球新報」の「論壇」の記事で、与那覇氏は基地問題が引き起こした様々な問題点を正視して、その背景の日米同盟が沖縄に課し続けている、憲法の精神に抵触する差別の本質を、論理的に忌憚なく指摘してきた。私は文芸誌「非世界」や「南溟」でそれらの批評文の再録を読んだ後に、与那覇氏の公的言語は、米軍兵や米軍による直接の被害者への痛みや悲しみを背負って語られていて、沖縄の民衆の基層からの止むに止まれぬ声を代弁するものだと強く感じていた。また同じ雑誌には与那覇氏の詩篇も掲載されていて、その詩的言語は沖縄の苦しみや悲しみを通して、沖縄の逞しさをも表現しているという印象を抱いていた。そのような論理性と深い本情の両方に通じた与那覇氏が、今回初めての詩集『沖縄から　見えるもの』を刊行された。

詩篇全体を拝読した際に強く感じたことは、沖縄という場所の暮らしや歴史・文化を背負いながらも、私たちの中に秘められた根源的なことを自らに問いかけて、それをとてもシンプルな言葉で伝えてくれる誠実さだった。沖縄の詩人でありながらも、世界と交流する個人であり、さらに普遍的な人間存在を見詰める根源的な問いを発する詩人である与那覇氏の内面の葛藤が、強くリアルに感じられる生き生きした詩篇群になっていると考えられた。

詩集全体は三章に分けられていて、Ⅰ章「言の葉」十四篇は、与那覇氏の詩的言語論を内面からあふれ出てくるような芸術的な言葉で語っている詩群だ。章タイトルの詩「言の葉」の一連から五連を引用してみる。

それは　いつも弱い者の味方／という訳ではない／／正しいけれど弱い者の／震える口元には　無く／／強いけれど　正しくない者の／巧みに繰り出す数々が／矢のように　人を刺す／／正しくないけれど　強い者の口元から／次から次へと　あふれだし／音を立てて／人の上に　降り積もる／／肩をいからせて　正しいことを主張する／正しくない者の言の葉は／公廷に引き出された真実の／光る涙を　覆い隠す

（詩「言の葉」の一連から五連目まで）

与那覇氏は「言の葉」という「正しいけれど弱い者の／震える口元」から、もしくは「正しくないけれど　強い者の口元」から発せられる二種類の「言の葉」があるという。前者が個人言語であるなら、後者は公的な言葉であるだろう。公的言語は個人言語を発せざるを得ない真実を伝えようとする「光る涙を　覆い隠す」ことをしている。「言の葉」は本来的な真実を伝えようとする機能を邪魔するような、真実を覆い隠そうとする機能を持っているのだと指摘している。そして詩「言の葉」の最後の二連は次のように続いていく。

だから　私達は／耳を澄まさなければならない／目を凝らさなければならない／／弱々しく口ごもる真実を／黙って耐える真実を／言の葉の枯れ葉の下から／拾いあげるために

（詩「言の葉」の最後の二連より）

それゆえに詩を書く者たちは、その「正しいけれど弱い者の／震える口元」に成り代わって、「弱々しく口ごもる真実」が宿されていて、「言の葉の枯れ葉の下から／拾いあげるために」、使用されるべきだと個人言語を発する不屈の精神を物語っている。これは与那覇氏の実践的な詩的言語論であり、この詩を冒頭に配置することによって、読者に言葉の本来的な働きとは何であるかを、「弱々しく口ごもる真実」とは何かを、この詩集で読者に発見してもらいたいと願っているのだろう。「言の葉」は公的言語と個人言語の二つの層に分かれているが、個人言語による人間社会の歪みがもたらす深層を明るみに出す、言葉の浄化作用のような機能の重要性を指摘している。

次の二番目の詩「出会い」では、「惚けて／口を　開けた／突然　降ってきた／その言葉の美しさ」というような、無心になって「言葉の美しさ」に向き合うことの大切さを告げている。三、四番目詩「私Ⅰ」、「私Ⅱ」では、「ひとりの　小さな／私と　出会う」というような「小さな自己」を他者として客観視して、世界の中の他者と出会って行こうとする与那覇氏の開かれた詩的精神の特徴を表している。五、六番目の詩「待つⅠ」、「待つⅡ」では、「心が干上がっている時は／ぱさぱさ　乾いているときは／待つしかないではないか／降ってくる言葉を」、と詩的言語が苦悩し枯れていきそうな「小さな自己」を超えて、異次元の彼方から降ってくるようなイメージの広がりを感じさせてくれる。この冒頭の六篇で与那覇氏の詩的言語論を明示することによって、一挙にその詩的世界に引き込まれていくだろう。さらに七番目以降の「めざめる朝に」、「今日」、「日常」、「ブレック・ファースト」、「実存主義」、「陽の落ちるまえに」、「コーヒー・タイム」、「タイムラグ」は、朝から夜の入浴までの「日常」の濃密な時間を詩で語らせている。

Ⅱ章「沖縄から　見えるもの」十三篇は、沖縄の感受性を示すことによって本土の日本人の感受性とは全く異なる他者がいることを気付かせてくれる詩篇で、今回の詩集の最も重要な章と言えるだろう。

冒頭の詩「沖縄の夏」の冒頭の二行「空が　あまりに青いので／哀しみは　冴え渡る／／雲が　あまりに白いので／寂しさは　もくもくと広がる」と沖縄の夏の悲劇が今も続いていることを物語るが、けれども「先生、それでも私は／生きているよ」と沖縄人の誇りや逞しさを暗示させている。

二番目の詩「夏の日」の最後の二行「小さな島は　今日も／大きな海に　向かいあっている」という観点は沖縄の現実の在りようを語っている。そして三番目の詩「沖縄から見えるもの」は、詩集のタイトルになった今回の詩集を象徴する意味と響きを持った詩篇だ。冒頭の四行「この空は／だれのもの／この海は／だれのもの」という詩行は、沖縄人から根本的に問われ続けているにもかかわらず、その問いは戦後七十年以上を不問に付してきた日米両政府や本土の多くの日本人たち対してすべてはお見通しだと語っているかのようだ。「沖縄からは日本がよく見える」という詩行の意味は、異国であった他者の視線だから、本土の日本人たちが沖縄に来てもらえるならば、日本という国や日本人の意識が相対化されて、沖縄の実相や東アジアを通して世界も良く見えるだろうと語っている。

四番目の詩「東京のビジネスマン」は風刺や批評性が効いていて、とても魅力的で面白く、与那覇氏しか書けない名作だろう。その後の詩「今朝の日本」、「仰ぎ見る大国」、「ハワイそしてオキナワ」、「待合室」、「ヘイトスピーチ」、「米軍車両にいた人」、「ウチナーンチュ」、「おまえは誰だ?」などによって、本当に「沖縄から日本がよく見える」ことが実感されると思われる。最後に詩「決意」の「この島が　この国を変えるしかないと」という認識を、私を含めた本土の人びとに突き付けている。

そしてⅢ章「存在の悲しみ」十二篇は、他者や世界に向けてそれらの存在の悲しみについて、自己の悲しみを通して表現した詩篇だ。冒頭の詩「存在の悲しみⅠ」、次の「存在の悲しみⅡ」、三番目の詩「ソウルの夏」はいずれもホームレスという社会が生み出す存在の悲しみを扱っており、とても難しく避けてしまうことに果敢に挑戦している与那覇さんの試みは、高く評価される。そんなⅢ章は他者の「存在の悲しみ」から始まり、日常の危機感や世界の悲劇へと向かって行き、繊細でありながらもスケールの大きな詩篇が特徴だ。Ⅰ章、Ⅱ章を経ているので、内面を通した切実な社会性のある詩篇群が自然に内面に届くだろう。

この詩集『沖縄から　見えるもの』には沖縄人の「言の葉」の深層と対話し、今も続いている基地問題を抱える暮らしや、それでも生きる誇りなどが掬い上げられて書き記されている。そんな詩集はきっと本土の日本人たちをより広い他者の視野に立たせて、沖縄人の魂《マブイ》と共存することの真の豊かさを感じさせてくれるだろう。

あとがき

初の個人詩集を手にし「非世界」や「南溟」の編集に携わってきた平敷武蕉氏への感謝は多大である。同人会のメンバーに誘ってくださり、詩作に怠慢な私に対し、宿題をよく忘れる学生に締め切り過ぎても提出を迫る辛抱強くかつ人間味あふれる教師のごとき役割を果たしてきてくださった。また、詩の本質を捉え奥深い表現でこれ以上に無い解説をしてくださった鈴木比佐雄氏との出会いにも感謝したい。両氏の存在があって初めて出来上がった詩集だ。ただ、解説冒頭での「詩人」との紹介には、ありがたいながら何とも言えない恥ずかしさと抵抗感がある。自分を一度も詩人と思ったことは無く、また、思わないからだ。気の向くままほそぼそと書いてきただけで、同人誌にも催促されては慌てて書き上げて提出する始末なのだ。それなのに詩集としてまとめる気持ちになったのは、人生でのある区切りを感じたからである。やり散らかした、とり散らかした諸々をまとめて形にすることで見えてくるものがある。それを新たな一歩を踏み出す機会としたいと思った。

沖縄の二紙を基地問題に偏っている偏向紙のごとく言う人が多い。文学に政治を持ち込むことを嫌う人も多い。しかし、沖縄の二紙が基地問題に偏っているなら、それは沖縄が丸ごと基地問題を抱え込まされている日本の偏向した現実を示しているだけである。日常を生きるということは、その地域の社会問題や政治問題にからみとられた現実を生きることであり、真剣に生きようとすればするほど、それらと向き合わざるを得ない。人が人間社会に生きる限り、書くことはメッセージを伝えるがためであると考える。そういう意味でも、自身の思いを伝える言葉が足りず空を見上げてばかりいる。本詩集の「I　言の葉」の中の詩「出会い」で驚愕した言葉は、沖縄の詩人、八重洋一郎氏の詩のなかの言葉であったことを付け加えてあとがきとしたい。

二〇一九年一月

与那覇恵子

与那覇恵子（よなは　けいこ）略歴

1953年、沖縄県生まれ。詩誌「非世界」「南溟」会員。

沖縄女性詩人アンソロジー「あやはべる」にも参加。

共著に『楽しい英語授業』（明治図書）、『OKINAWA THE PEACEFUL ISLAND』（文英堂）、『沖縄詩歌集　～琉球・奄美の風～』（コールサック社）他多数。

詩集『沖縄から　見えるもの』

現住所　〒903-0802　沖縄県那覇市首里大名町1-117-2

石炭袋

与那覇恵子詩集『沖縄から　見えるもの』

2019年1月23日初版発行

著者　　　与那覇恵子
編集・発行　鈴木比佐雄

発行所　株式会社 コールサック社
〒173-0004　東京都板橋区板橋2-63-4-209
電話 03-5944-3258　FAX 03-5944-3238
suzuki@coal-sack.com　http://www.coal-sack.com
郵便振替　00180-4-741802
印刷管理　（株）コールサック社　製作部

＊装幀　奥川はるみ

落丁本・乱丁本はお取り替えいたします。

ISBN978-4-86435-374-8　C1092　￥1500E